AF500797

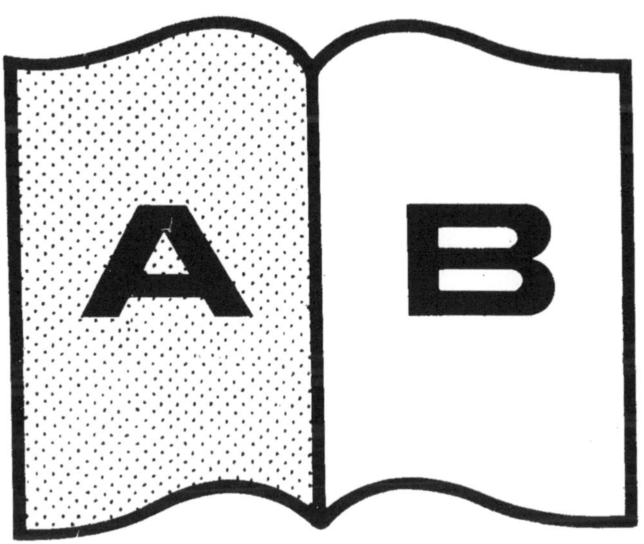
A
B

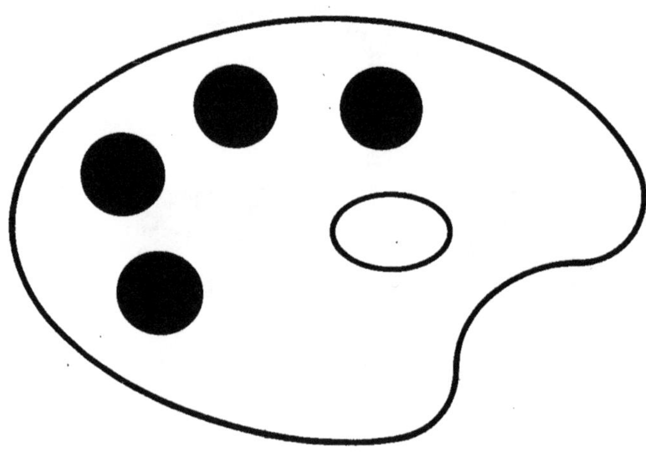

Conserver la Couverture

LA PANACÉE DU CAPITAINE HAUTEROCHE

PAR OCTAVE UZANNE

EUG. COURBOIN

IMAGÉE PAR EUGÈNE COURBOIN

La panacée
du
Capitaine Hauteroche

Pour mon vieil et excellent ami Angelo Mariani
digne compatriote du corse Napoléon.

OCTAVE UZANNE.

Cette édition a été limitée au nombre de cinq cents exemplaires

TOUS NUMÉROTÉS A LA PRESSE

---

50 exemplaires sur papier Japon impérial
numérotés de 1 à 50

450 exemplaires sur papier vélin
numérotés de 51 à 500

N° 109

La panacée du Capitaine Hauteroche

PAR

OCTAVE UZANNE

ILLUSTRATIONS HORS TEXTE A L'AQUARELLE

Par EUGÈNE COURBOIN

A PARIS

CHEZ LE LIBRAIRE HENRY FLOURY

1, BOULEVARD DES CAPUCINES

En l'An de Grâce 1899

LA PANACÉE

DU

CAPITAINE HAUTEROCHE

L'ex-capitaine Hauteroche, je le vois nettement encore ; il demeure présent à ma mémoire comme le type du plus curieux vieillard qu'il m'ait été donné de rencontrer dans ma vie. C'est vers 1860 que j'eus l'occasion de le connaître. A cette époque, j'achevais mes études à Vendôme et comme tous les Vendômois de mon âge, — je m'arrêtais fréquemment devant un étrange débit de *Vins et Tabac*, installé rue de la Ganterie, qui, pour enseigne, affichait sur la devanture peinte aux trois couleurs nationales : AU VIEUX GROGNARD. — C'est là, qu'après une longue carrière militaire semée de gloire et de blessures s'était retiré, après 1815, l'ex-capitaine Hauteroche, anciennement adjudant-major d'artillerie, légionnaire depuis Eylau, un vrai dur à cuire, un illustre bonnet à poils. — Mes dix-huit ans, encore imbus de tout l'empoignant prestige de la gloire impériale avaient, dès le premier jour, reçu de l'étrange personnage à panache guerrier et de sa boutique militairement décorée, une impression pour ainsi dire ineffaçable, car je la retrouve aujourd'hui encore presqu'aussi vivace et aussi précise qu'aux heures d'adolescence.

Bien des années ont passé et il me semble cependant qu'il me faille seulement fermer les yeux pour revoir bien distinctement cette maison d'angle, briques et pierres, au bout d'une vieille rue montueuse; ce débit de province, Café et Tabac, où, entre deux fenêtres du premier étage, se remarquait une guérite démodée, une vraie guérite du temps de la grande armée, dans laquelle se tenait en une attitude martiale un vieux mannequin revêtu d'un authentique uniforme de grenadier de l'Empire, luisant et propre, auquel il ne manquait ni un bouton, ni un passepoil, ni le baudrier, ni une épaulette, ni le gant d'ordonnance, ni même le sabre au clair!

Le père Hauteroche prenait de son *Vieux Grognard* un soin extraordinaire. Dix fois par jour il l'époussetait, le brossait, lui donnait d'amicales taloches sur la caboche, lui parlant d'une façon soldatesque et luronne qui n'était pas sans émotion.

Demeuré le vieux briscard incorruptible de l'épopée napoléonienne, il voulait que son mannequin d'enseigne fût habillé à l'ordonnance, qu'il observât fidèlement l'attitude de la parade réglementaire, changeât de tenue au renouveau des saisons : large capote en hiver, puis,

PAGE 6. — *Le capitaine Hauteroche aimait à revivre son passé en racontant ses exploits.*

en été, le pantalon de coutil blanc avec tunique à revers, et les guêtres moulant le mollet. — L'affection du capitaine pour son compagnon de bois se traduisait de toutes manières mais toujours avec la sollicitude touchante et naïve des vieux soldats qui ont aimé la guerre et ses dangers et dont les vaillantes mains faites au maniement des armes semblent en temps de paix inhabiles aux travaux du foyer.

Souvent, il me souvient d'avoir surpris avec étonnement le vieux capitaine retraité retirant de sa bouche sa pipe — une belle pipe historique que lui avait donnée Kellermann à Marengo après la charge de l'intrépide 9e demi-brigade, — puis, se haussant sur son échelle jusqu'aux lèvres du mannequin, prendre plaisir à la lui placer au beau milieu du bouquet des moustaches, dans un trou que ce naïf brave homme avait ménagé à cet effet :

— « Tiens, GOBE-LA-MORT — (disait-il moitié solennel et moitié souriant à l'immobile factionnaire) — voici, mon vieux lascar, du tabac de cantine dans une pipe de général français, c'est pas qu'un peu d'honneur pour un conscrit, hein! mon gaillard! Mais les temps sont changés, vieux DUR A CUIRE, aujourd'hui on est à l'honneur sans avoir combattu! — Moi, pour avoir cette pipe, j'ai avalé des kilomètres et des kilomètres, je suis parti de Vendôme, et, à travers la Beauce, j'ai gagné Bourgogne, Dauphiné et Piémont; j'ai traversé l'Italie, sans souliers, sans eau-de-vie, souvent sans pain et sans cartouches, au milieu des feux de bataillons qui pétillaient sur la crête des collines. — Un boulet avait tué le général Desaix; enfin, mille mitrailles de mitrailles, arrivait le petit Corse avec les voltigeurs! et nous de crier : « Vive Bonaparte! » et la division autrichienne, désemparée faisait demi-tour, bride abattue, écharpée par nos canons. — M'ayant vu à l'œuvre, Kellermann, qui causait au milieu de ses dragons avec le brave général Lannes, écartait les rangs, venait sur moi directement : « Canonnier, me disait-il, tu es un fameux tireur, sais-tu aussi bien bourrer une pipe que charger un canon? — Et de répondre : Oui, mon général. » — Alors il me tendait sa pipe et je restais là, immobile, cloué d'émotion à ma place, dans l'attitude du salut militaire. Voilà, Gobe-la-Mort d'où vient cette pipe; enfermée dans ma giberne, elle a fait le tour de l'Europe et a connu tous les bivouacs. — Respecte-la, mon vieux, comme si c'était moi-même... »

En compagnie de mon oncle Cadet et de mon cousin Onésime, je me rendais parfois chez le loquace capitaine qui aimait à revivre son passé en narrant ses exploits. Il y avait derrière sa boutique une tonnelle où il se plaisait à vider, dans nos verres, son rare petit vin de Touraine, frais aux lèvres et bon au cœur, puis il nous emmenait sous les charmilles noyées d'ombre de son petit jardin.

— Ah! mes enfants, disait-il, vous aimez mon Gobe-la-Mort. Vous êtes de braves enfants, mais venez par ici, au fond du jardin. Il faut que je vous fasse voir... mon domicile éternel et admirer mon tombeau...

Et il nous entraînait devant un étonnant sarcophage sculpté naïvement, à la manière fruste des autels sauvages.

— Ici, déclarait-il avec une certaine gravité, j'ai fait reproduire, par un statuaire, les principaux événements de ma vie.

On le retrouvait plus ou moins bien représenté dans chacun des épisodes de son existence militaire, revêtu successivement des grades de plus en plus élevés que lui avaient valus ses actions d'éclat : simple volontaire sous la République, caporal à Valmy, sergent après l'affaire de Monte-Legino, sous Montenotte; canonnier-chef à Marengo; puis adjudant, lieutenant, capitaine, adjudant major, félicité par le petit caporal lui-même dans la campagne de France. Ce qui pourtant nous intriguait, c'est l'importance que l'ex-capitaine attribuait, dans la plupart des bas-reliefs, à la présence de la gourde à eau-de-vie et des barriques à liqueurs. J'en fis un jour respectueusement la remarque au vieux légionnaire :

— Il semble, mon capitaine, que vous ne boudiez pas à l'acool, avant d'en vendre!

PAGE 9. — *Dans la guerre d'embuscades les Chouans nous causaient un mal effroyable.*

— Ne riez pas! dit-il. Je veux vous narrer l'histoire d'une miraculeuse liqueur, d'un extraordinaire cordial, d'une boisson à laquelle certainement rien ne saurait être comparable — (nous étant rapprochés nous écoutions le capitaine avec attention). — Je ne m'en séparai jamais durant tout le temps que je servis la République indivisible et l'Empereur vainqueur des tyrans. Plus d'une fois, grâce à elle, je puis le dire, comme Lazare je ressuscitai d'entre les morts. Je lui dois même d'avoir atteint, si robuste et encore si gaillard, mes quatre-vingt-six ans!

De fait, droit et guilleret, l'ancien maître canonnier semblait faire la nique à la troisième des Parques; du moins avait-il su, au milieu de tant de périls, se sauver indemne des coups de piques des lansquenets allemands, des lames de sabres des tyroliens, des mousquets de la cavalerie russe! Le diable d'homme, au cours de ses campagnes aventureuses, avait-il appris d'un Bohémien errant le secret de la liqueur philosophale, d'un prisonnier napolitain celui de l'élixir de longue vie, sinon de quelqu'autre le nom du pays où fleurit la bonne vigne de Jouvence?

« En août 1793, — commença-t-il, — la batterie d'artillerie où j'étais servant, détachée de l'armée de Westermann que la Convention avait envoyé contre les Vendéens, campait auprès de Bressuire. Nous nous trouvions depuis deux jours en plein Bocage, bien au-dessous de la Loire. Les chouans de Cathelineau, abrités dans les bois et dissimulés au creux des ravins attendaient le passage du convoi républicain. Dès que le gros de l'armée était déjà passé, ils sortaient de leurs cachettes et se précipitaient sur nos munitions et sur nos blessés en poussant des cris terribles. La plupart, armés seulement de faux et de bâtons ne pouvaient résister à nos tirs meurtriers, mais dans la guerre d'embuscades ils nous causaient un mal effroyable. A la voix de Gabriel Baudry d'Asson, Cathelineau, de la Rochejacquelein, toute la Chouannerie, gueulant : « Vivent Dieu et les fleurs de lys! » était sortie de ses villages et de ses chaumières. Il nous fallait combattre

2

depuis lors jour et nuit contre ces hordes sans armes et sans drapeaux, dissimulées tout au long de notre route derrière les accidents de terrain et qui épiaient le passage des retardataires pour les capturer.

Le soir seul nous apportait le repos. Encore doublions-nous les sentinelles autour des feux de bivouacs. Assemblés proche des cantines, le fusil chargé entre les jambes, prêts à partir à la première alerte, nous préparions, tant bien que mal, la petite popote du camp.

De rares fois osions-nous nous endormir complètement. Nous savions avec quelle colère la Bretagne avait accueilli les immortels principes. Nous savions avec quelle diligence les ci-devant avaient réveillé le courage dans le cœur des paysans. Les villageois nous préparaient dans l'ombre une mort perfide et sans pitié. Notre salut ne venait que de notre insomnie.

Or, un soir, comme je rôdais autour des dragons, cantonnés non loin de nous, mon attention fut attirée par le singulier manège d'un brigadier qui, tout en prenant son repas, cuisinait une sorte de tisane d'herbes qu'il mêlait à son vin, à chaque rasade.

M'étant glissé derrière un groupe de grands cavaliers occupés en chantant à fourbir leurs sabres et à recoudre leurs cocardes tricolores, j'interpellai ce drôle de Droguiste-cuisinier :

— Eh! là-bas, l'ami, que siffles-tu là? Est-ce un philtre d'amour, de santé, de bravoure ou de gloire que t'aura enseigné quelque vieille chouette bretonne, empoisonneuse de Bleus, et ton breuvage est-il vraiment préférable au jus de la treille?

Le brigadier se retourna, bon enfant et moitié blagueur, moitié sérieux, répondit :

— Au diable mon cadet, il faudrait voir que les sorcières des ci-devant puissent empoisonner un dragon de l'Indivisible! On n'est pas venu de Paris, caserne des Feuillants, au Bocage, pour mourir de la sorte, fillot! Approche plutôt et trempe tes lèvres, presque aussi im-

PAGE 10. — *Est-ce un philtre d'amour, de santé ou de gloire, l'ami?*

berbes que celles de Saint-Just du club de *la Montagne,* dans mon quart fraternel, et tu me diras après, mon camarade, si tu n'as pas humé un philtre d'amour, de santé, de bravoure et de gloire ?

A ces mots, il me tendit son quart, qui me parut comme ensoleillé d'une boisson d'or frissonnante de reflets tels qu'on en voit parfois luire dans les yeux des femmes, aux heures d'amour.

Je bus, mais la belle liqueur, un peu amère, me fit faire une grimace comique.

— Pas fameux, lui dis-je, mon brave, ton jus d'herbes !

— Ah ! fillot, dit-il un peu dépité, on voit bien que l'odeur de la poudre te gâte le bec. Dame ! ça n'est pas du taffia sucré, mais tout de même faut pas faire la petite bouche, tout comme un citoyen-marquis ! Avale tout, mon garçon !

Les grands cavaliers, ayant achevé de fourbir leurs jugulaires se rapprochèrent alors du brigadier en le plaisantant :

— L'ami, garde ton breuvage pour dire la messe aux Chouans, dit l'un.

— Un dragon de la Loire — vive la Liberté ou la mort ! — ne boit que du vin ou du sang d'émigré, dit un autre.

— Oui, aquiesça un maréchal des logis nommé Petit, mon lascar, votre cuisine est suspecte. Si je ne vous avais connu à Paris, caserne des Feuillants, pour un vrai et pur citoyen, je vous dénoncerais au citoyen-général !

Mais le brigadier semblait ne s'émouvoir aucunement.

— Moquez-vous, moquez-vous, mes amis, je n'y vois aucun mal ! Un sans-culotte connaît la plaisanterie. Je vous souhaite de n'avoir jamais besoin de mon élixir ; toutefois, il n'y aurait pourtant rien d'impossible à ce qu'un jour l'un de vous fût redevable de la vie au contenu de mon bidon. Ah ! si vous saviez seulement d'où je viens moi, citoyen Clasquo, du club de la Montagne, engagé pour défendre la Patrie en danger contre les traîtres, les ci-devant et les Anglais de Pitt! — Le citoyen Clasquo — sachez-le — a vécu, aux beaux temps de sa jeunesse, dans les villes du Pérou après la guerre d'Amérique. Il y apprit l'usage de cette tisane dans les haciendas péruviennes où des milliers de travailleurs l'emploient pour conserver leurs forces au milieu de l'épuisant labeur. Dans ces contrées de chaleurs torrides et de fièvres, on connaît la valeur de la coca. Personne, je vous assure, ne s'aviserait d'en rire, puisque tout le monde, là-bas, lui doit un peu de sa force, de sa santé, de sa résistance et de sa vie!

Le brigadier acheva de nous raconter comment il était arrivé en France, mêlant à la fois des noms d'hommes et de pays, parlant de la Fayette, de Saint-Domingue, des pampas où paissent des chevaux sauvages, de la beauté des femmes péruviennes, de son amour pour la République, la Liberté ou la mort, qui l'avait incité à revenir en France. Toutefois son récit imagé et mélangé de mots espagnols ne put nous faire oublier son amère tisane. Et les lazzi de recommencer à pleuvoir sur le pauvre cavalier.

— Donnes-en à ton cheval, Clasquo, dit le maréchal des logis, nous verrons s'il trotte plus vite après.

— Ne manque point d'en envoyer au citoyen-général; il en fera distribuer sur l'ordinaire par les fourriers et l'armée républicaine, invincible rapportera à la Convention les dépouilles et la soumission de Cathelineau et du sieur de Charrette.

— Attendez seulement que je vous en offre un de ces jours, se contenta de répondre d'un air finaud le brigadier Clasquo, de la caserne des Feuillants... Vous ne blaguerez pas toujours, les amis.

Sans doute nous fussions-nous amusés plus longuement à ses dépens, mais une ronde était signalée non loin de là. Des voix lointaines s'élevaient.

— Qui vive?

— Ronde d'adjudant!...

Des bruits de fusils et des lueurs de falot troublaient la nuit auprès

PAGE 25. — *On ne vit plus que des bras se levant et s'abaissant pour la besogne sinistre.*

des feux éteints. En rampant à demi j'abandonnai les cavaliers et retournai vers ma batterie.

Il eût été imprudent, pour un artilleur, de se retrouver au milieu des dragons. Là-dessus les règlements sont formels et je n'étais point revenu de Vendôme aux Feuillants, puis des Feuillants à Bressuire pour manquer aux rigueurs de la discipline.

Arrivé à mon cantonnement j'assujettis mon shako solidement sur ma tête, plaçai entre mes mains le pommeau de mon sabre, et la jugulaire serrée au menton, je m'endormis à moitié, poursuivi toutefois par le rêve hallucinant de cette étrange liqueur, de cette boisson amère dont mes lèvres conservaient encore la saveur sauvage et persistante.

A quelques jours de là, nous nous réveillâmes, la nuit, dans le plus horrible des tumultes. Une bande de maraîchins des environs de Châtillon, s'étant répandus par les champs et les guérets, s'étaient glissés, en rampant, sans être vus ni entendus jusqu'à nos avant-postes. Là ils avaient surpris les sentinelles, pénétré dans les bivouacs, massacré qui se levait et lié les endormis. Quant à moi, je me trouvai ligotté au milieu d'une mare de sang; une affreuse angoisse m'étreignit. Ayant entr'ouvert les yeux derrière la double frange de mes cils clos, je distinguai les paysans. La plupart piétinaient sur les cadavres avec une joie féroce. Je voyais des fourches et des faux, brandies au bout de leurs bras, dont le double éclair rayait la nuit de lueurs sinistres. Sous les chapeaux de bergers des yeux de braises s'allumaient, pleins d'une haine sauvage. On voyait, sur leurs poitrines, briller de petits scapulaires en forme de carrés d'étoffes. Un prêtre, debout et lançant vers la nuit l'éloquence de ses gestes les excitait « par Dieu et par le Roy ». Au loin derrière les haies vives, si nombreuses dans ces sites du Bocage, il me semblait apercevoir d'autres lignes brillantes d'yeux de haine, d'autres lueurs de faux, d'autres traces de fourches. Un instant je me recueillis. Je voulus acquérir d'abord la certitude que je n'étais point blessé. Mes mains lentement glissèrent le long de mes jambes. Mes membres intacts se détendirent lentement; toutefois la mare de sang au milieu de laquelle j'étais ligotté dégageait une odeur à la fois si fade, si âcre et si affreuse que je souhaitai la mort, l'engourdissement réparateur du sommeil éternel.

La terreur, seule, me tint éveillé. Mes yeux, comme s'ils eussent subitement acquis le pouvoir de lire dans la nuit, s'efforcèrent de percer les ténèbres des branches, de considérer dans toute son horreur le champ de légumes dont les chouans venaient de faire comme un hideux charnier.

Si je n'avais aucune blessure, il y avait, par contre, autour de moi plusieurs de mes malheureux camarades, hachés à coups de faux ou la poitrine trouée par des pointes de fourches. Des shakos défoncés pendaient sur des débris de têtes; des lisérés de sang tachaient l'étoffe des dolmans : les buffleteries arrachées glissaient sur les cadavres comme des corps de couleuvres. Une sentinelle, surprise par derrière, était restée debout, le menton pris par la baïonnette de son fusil; et l'ombre du cadavre semblait tourner sur le champ mortuaire avec la même lenteur que la lune, dans le ciel, apportait à l'évolution de sa course.

— Sans doute, pensai-je, les prisonniers vont rejoindre les morts.

J'épiai au loin si j'apercevais quelque mouvement parmi les Vendéens. Au milieu d'eux pérorait le prêtre des fleurs de lys. Ses grands bras sillonnaient de signes de croix la nuit pesante. Sous ses ordres l'escouade des paysans, armée d'instruments de labour, travaillait avec acharnement à creuser un fossé spacieux. Lugubres fossoyeurs de la vengeance, ils puisaient dans la parole de leur curé l'ardeur au travail et au combat. Lui, sans doute parlait de Dieu et de Louis XVI, retraçait en les exagérant les carnages de Paris, maudissait l'Indivisible. Moi, étendu dans ce sang de mes frères, je ressongeais involontairement à tout ce passé de voyage et d'aventures que je ne connaîtrais plus ja-

PAGE 29. — *La liqueur précieuse, en coulant dans ma gorge, y laissait comme une saveur de bons fruits.*

mais, à tout cet avenir glorieux que m'annonçaient les combats! Devais-je mourir si jeune? N'avais-je point d'autres grades à conquérir, d'autres ennemis à vaincre, d'autres traîtres à frapper? — Ma carrière ne devait point s'arrêter là. Des noms de héros romains se mêlaient dans mon esprit à ceux de La Fayette et de Dumouriez? Pourquoi avais-je quitté Vendôme? La Convention résisterait-elle à tant d'ennemis de l'intérieur et de l'extérieur. Puis ces réflexions passaient. Mes poignets engourdis me causaient un mal cuisant. Ah! si seulement les dragons de la division Westermann pouvaient venir pensais-je? Si seulement je pouvais puiser dans mon être vaincu la force de pousser le suprême cri d'appel et de terreur. Mais crier me vaudrait la mort certaine. Mieux valait attendre. La silhouette du brigadier de dragons, à ce moment, par je ne sais quel sortilège de l'esprit, repassa devant mes yeux. Je me l'imaginais, durant que je souffrais mille angoisses, convenablement installé au bivouac, et préparant sa liqueur amère tandis qu'à ses pieds ses compagnons murmuraient l'hymne des Marseillais :

Allons, enfants de la patrie!...

Mais les images confuses passaient. Soudain je me sentis saisi par des bras robustes. Des gens m'emportaient contre qui je ne pouvais rien pour me défendre. La douleur de mes poignets, coupés par les cordes, me tenait à demi évanoui. Je ne repris mes sens que lorsque je me sentis violemment jeté sur le sol à côté de plusieurs de mes malheureux compagnons. A nos pieds, le fossé béait, creusé à la hâte, inégal, jonché d'énormes pierres contre lesquelles les Vendéens avaient sans doute le secret dessein de nous briser les os. Le plus robuste d'entre eux, un paysan du marais, à la tignasse embroussaillée, des yeux ardents cachés derrière d'énormes sourcils, passa derrière nous et nous lia tous ensemble à l'aide d'un cordage de marine. Celui-là avait dû trafiquer avec les gens de la côte. Sa vareuse de matelot s'ornait d'un cœur fleurdelysé en étoffe; le cordage dont il nous liait indiquait un de ces chouans voyageurs, qui, depuis le commencement de la campagne erraient de village en village, annonçant la révolte et prêchant la bataille. Celui-là avait dû venir de la mer jusqu'ici. Il apportait dans ses gestes et dans sa personne quelque chose de la froide et dure colère de l'Océan. Ayant terminé sa besogne, il se tourna vers les autres; et, s'étant baissés vers le sol, tous s'armèrent à nouveau des hautes fourches et des grandes faux où il y avait, goutte à goutte, du sang qui tombait encore. Nous comprîmes alors le projet sinistre des Vendéens. Sans doute avaient-ils décidé de nous assassiner en nous jetant dans le fossé à coups de faux et de fourches. Une minute encore, les chères visions de ma vie repassèrent devant moi : Vendôme et le coin de pays où j'étais né, ma jeunesse enthousiaste attentive au réveil civique, à l'exemple de ceux de Paris, l'autel de la Patrie orné de trophées tricolores, avec derrière la large bande d'étoffe : *Citoyens, la Patrie est en danger;* puis les paroles du citoyen-commissaire : « Jeune homme... courage des armées... Brutus... les tyrans... exemple des Romains... » Tout cela pour aboutir à ce fossé immonde, à ce cloaque où plus rien, tout à l'heure, n'allait battre de ma vie, où c'en serait fini à jamais des beaux rêves, des belles actions, des belles journées au milieu de la canonnade, des belles nuits passées dans les demeures de pays conquis, étendu sur des drapeaux de rois, entre des nourritures et des fêtes abondantes. La guerre était dure au vaincu... Et puis ne mourir que servant... Hoche, Marceau, à mon âge portaient d'illustres galons... Mais la soif intense qui ne cessait depuis une heure de me brûler la gorge, se reprit à me lanciner plus cruellement. J'aurais bien voulu boire un peu avant de mourir. Mes yeux, éblouis par la fièvre connurent encore la vision du brigadier de dragons de la division Westermann. Par une ironie mauvaise, le quart d'étain, empli de

PAGE 30. — « *Sire ; la batterie Hauteroche !* »

la mystérieuse liqueur, se tendait jusqu'à mes lèvres, exhalant sa bonne odeur parfumée... le visage du cavalier bon enfant me souriait. Je revoyais très bien son visage honnête enfoui sous le casque, le matricule au col du dolman, les lèvres réjouies encore de la liqueur... puis plus rien. La mort ne venait pas...

Quel ordre attendaient donc les Vendéens? Quel signal fallait-il à ces bourreaux pour frapper leurs victimes?

Tout à coup une alerte eut lieu. Deux ou trois cris pareils à ceux de la chouette arrivèrent de côtés différents, portés par la brise douce de la nuit. Nous connaissions ces cris pour les avoir entendus bien souvent se répondre dans les bois de ce Bocage vendéen où, depuis tant de semaines déjà, nous errions pour notre malheur. Ces cris d'oiseaux de nuit nous annonçaient, sans doute, la délivrance. La cavalerie républicaine, inquiète, devait fouiller les bois. Anxieusement nous tendions l'oreille, dans l'espoir de pas de chevaux. D'autres cris de chouettes se répétèrent seulement, ajoutant au supplice de notre angoisse. Les maraîchins, un instant effarés revenaient donc sur leurs pas, des éclairs métalliques brillèrent dans les taillis, nous revîmes, une fois encore, poindre les faux et les fourches du tonnerre de diable! Ah! mille mitrailles de mitrailles, les maraîchins en voulaient décidément à notre peau de patriotes. Nos poitrines sans scapulaires les incitaient au désir de meurtre. Sans doute, bien que nos poings fussent liés, exigeraient-ils que nous fissions le signe de la croix! Je revis le grand paysan roux à la cotte de marin. Ses yeux ardents de haine luisaient autant que le métal de sa faux. Ah! ces yeux-là, mes enfants! vous eussent fait croire à l'enfer! Fallait-il avoir cassé des Bastilles pour se trouver subitement réduit à l'impuissance devant ces deux cavernes de chat-huant... Tout à coup ce fut un carnage. On ne vit plus que des bras se levant et s'abaissant pour la besogne sinistre. Le vertige de la chute me fit fermer les yeux. Quand je les rouvris un instant après, je n'aperçus plus, dans le fossé, autour de moi, que des cadavres sanglants de soldats, le dolman souillé, la tête ouverte, des morceaux de cervelles tachant les parements rouges, les matricules jaunes, les galons, le drap des manteaux, dépecés, tailladés à coups de lames! Les blessés, les évanouis, les prisonniers, tous avaient été jetés avec les cadavres dans la chute en arrière du chapelet humain! Jamais dans aucune de mes campagnes futures, spectacle plus hideux ne devait m'être offert...

Les maraîchins ne consommèrent pourtant point leur crime abominable. Le temps de nous enterrer, de rejeter sur nous — morts ou vivants — toute la terre du fossé, ne leur resta point. Les dragons de la division Westermann, prévenus, accouraient au galop, sabrant à travers bois les paysans surpris. Les pas de chevaux se rapprochaient. Les derniers chouans, avec précaution, tête baissée, disparurent sans bruit, leurs grandes faux pâles pleurant du sang sous la lune blanche. Quelques-uns tombèrent sous les coups ou, dans la hâte de fuir s'embarrassèrent dans leurs fourches et s'y embrochèrent eux-mêmes comme un gibier humain.

Un peloton de dragons demeura près de nous pour sauver ceux d'entre les canonniers qui pouvaient vivre encore. Un flux d'air entra subitement dans mes poumons; je me sentis la poitrine délivrée d'un poids lourd; sans doute venait-on de retirer de sur moi quelques cadavres. Puis je sentis des mains sur mon visage. Mes lèvres durent s'entr'ouvrir sous la pression de doigts charitables et tout à coup, je sentis, en moi, couler quelques gouttes d'un liquide qui me brûla et me rafraîchit à la fois; mes paupières, plus libres, se soulevèrent; j'aperçus mon brigadier de dragons. Penché sur moi à la lueur de la lune, je devinais à peine son mâle visage engoncé dans le col et qu'ombrageait encore la visière basse du casque. Les galons de la manche, le son de la voix, me permirent, seulement à travers mon trouble, de reconnaître

PAGE 34. — *La Batterie : « L'Abattoir ».*

Clasquo, Clasquo le Péruvien, Clasquo dont je m'étais si bougrement fichu un de ces soirs derniers, durant une veillée de bivouac...

— C'est toi, camarade servant, disait-il. Ce n'est guère le moment de remarquer si mes prédictions se réalisent, mais je crois que vraiment ceci va te sauver la vie. Par toutes les peaux d'aristocrates, ces gaillards-là en voulaient à ta santé! Allons, trinque encore, redresse-toi et viens avec nous chasser à travers bois les loups de Cathelineau!... — Je bus ainsi qu'il voulait. Un sang généreux recommença de circuler dans mes veines. La liqueur précieuse, en coulant dans ma gorge, y laissait comme une saveur de bons fruits. Mon être entier, comme rajeuni ne demandait plus qu'à se détendre, qu'à se lever, qu'à agir. La boisson d'or du brigadier avait fait merveille.

M'étant assuré que je n'avais aucune blessure, je fus bientôt debout, prêt à secourir d'autres soldats, aidant de mon mieux mon sauveur dont la gourde réellement faisait miracle. Ainsi se termina cette nuit mortelle et longue. J'en fus seulement pour la perte de mon shako. Avouez, mes enfants, qu'après tant d'émotions cela était peu de chose, d'autant plus qu'autour de moi, il y avait assez de camarades morts qui ne se refusèrent point à me prêter le leur...

Je revis encore quelquefois mon brigadier de dragons, en frimaire an II et en pluviôse an III, à l'issue de nouvelles escarmouches. Mais, depuis les guerres de Vendée, j'ignore absolument ce qu'il est devenu. Heureusement pour moi, il m'avait révélé son secret... »

L'intérêt du récit nous avait tenus attentifs. Les yeux tournés vers le sarcophage où se trouvaient représentés les épisodes principaux de cette vie de soldat, nous entendions encore, nous semblait-il, parler le capitaine. Mais déjà celui-ci s'occupait à remplir nos verres du petit vin de Touraine, frais aux lèvres et bon au cœur dont nous aimions si fort, en bons Vendômois, à savourer le goût.

Pourtant notre hôte ayant passé le revers de sa main sur son épaisse moustache, ne nous laissa point le temps de le complimenter.

— Bien des années plus tard, recommençait-il à nous narrer déjà, pendant la campagne de Saxe, j'eus une occasion d'apprécier mieux encore les vertus de la précieuse liqueur. Depuis les premiers jours de 1813, l'épaulette de lieutenant décorait mon uniforme d'ancien servant d'artillerie. Mes grades successifs conquis sur les divers champs de bataille marquaient, chacun, une étape de ma carrière; ma destinée subordonnée à la destinée de l'Empereur, suivait les déplacements successifs de l'activité du grand homme. Les coalisés, qui avaient franchi l'Elbe, venaient d'être battus successivement à Bautzen et à Leipsick. Les brigades de Ney, les grenadiers d'Oudinot, les vieux bonnets à poils de Russie, mélangés de conscrits de vingt ans, de tout ce qui n'avait pas été tué de la division Bessières, avaient été opposés par l'Empereur aux escadrons russes. Le 19 de mai, au matin, nous vîmes se détacher sur le fond du ciel la silhouette grise du petit Corse. En un mois de temps, devenu maître de toute cette partie de territoire qui va de la Bohême jusqu'à Hambourg, il sentait lui revenir cette chance de victoire qui l'avait abandonné un instant dans les steppes de Russie. Sa lorgnette à la hauteur des yeux, l'Empereur suivait de loin la marche vers la Sprée de ces seize bataillons de la jeune garde et des quatre-vingts pièces de canons qu'il avait laissées en deçà, au village de Kaya. Le maréchal Duroc était auprès de l'Empereur, en grand uniforme. Le maréchal connaissait les noms de tous les officiers de batterie. Notre capitaine ayant été tué à Leipsick, je le remplaçais par le fait dans le commandement et, quand nous passâmes dans le ravin, il me sembla distinguer très nettement la voix du maréchal qui disait :

— Sire, la batterie Hauteroche!

Un radieux soleil dorait légèrement le bronze des canons; l'or de mon épaulette éblouissait mes yeux quand je tournai la tête. Auprès de moi marchait mon maréchal des logis, son cheval un peu boiteux de-

PAGE 37. — *Trois cents hommes travaillèrent aux retranchements.*

puis la charge contre les houzards prussiens. Au passage de la jeune garde l'Empereur salua. Alors, dans toutes ces jeunes têtes ce fut du délire. Un formidable cri de « Vive l'Empereur! » sorti à la fois de toutes les poitrines, monta vers le dieu, immobile sur son petit cheval.

— Cap'taine, nous avons été jeunes comme eux! disait mon maréchal des logis. Ils n'ont point vu encore couler leur sang...

A peine avait-il fini qu'une estafette, dépassant la brigade des cavaliers Latour-Maubourg et la division Bruyère, vint de la part du maréchal Ney réclamer les quatre-vingts pièces de canons.

— Loustic, mon bon, dis-je au maréchal des logis, le diable aura sa fête tantôt. Il se prépare des quadrilles pour nos boulets. Bien sûr le maréchal veut faire jonction avec le corps Gouvion Saint-Cyr; et pendant ce temps il nous faut couvrir la marche de l'Empereur. Les Russes et les Prussiens vont nous tomber dessus tout à l'heure...

Loustic se contenta de hocher la tête en signe d'assentiment. Ça lui était égal à Loustic, les Russes ou les Prussiens, les Saxons ou les Wurtembergeois. N'avait-il point sa sûreté de pointage, sa force de coup d'œil. Un boulet lancé par lui ne saurait-il pas tout à l'heure désarçonner les beaux cuirassiers poméraniens et les nobles statues que figuraient les cavaliers cosaques? Parvenus à la pente la plus haute de la route, les chevaux tirèrent sur le licol; les roues rudement grincèrent sur les ornières; comme la manœuvre était dure, je promis une ration supplémentaire de vin. Les visages hâlés s'illuminèrent sous l'ombre basse des schakos; les torses se redressèrent sur les selles mouvantes. Ne savaient-ils pas, tous, quel vin étonnant le lieutenant Hauteroche portait dans sa cantine?

— Y a du bon à *l'Abattoir!* crièrent de loin les sapeurs d'infanterie, occupés à planter sur le plateau, les tentes d'état-major. *L'Abattoir!* Ainsi surnommait-on la batterie *A*, la nôtre. Cette épithète lui avait été donnée par Ney lui-même, un soir de désastre.

— C'est la *A* qui m'a mangé le plus d'hommes, avait dit le maréchal à l'Empereur. Cette *A*, c'est un abattoir!...

Les hommes, effectivement, mouraient comme mouches autour de la batterie, chaque fois qu'avait lieu un engagement avec l'artillerie de l'ennemi. Chaque jour au moins elle perdait un tiers de l'effectif. Vous dire, mes pauvres enfants, le nombre de visages nouveaux que j'ai vu passer à la batterie Hauteroche, serait chose impossible. Autant compter des mouches dans un pot de miel. Bref, après bien des peines, voici la *A* installée dans les vignes, adossée à des collines en dos de chameau. Trois cents hommes jusqu'au soir travaillèrent aux retranchements protecteurs. Et jusqu'au soir, une pluie ininterrompue de boulets martela le sol autour de nous. La terre bouleversée par les décharges, creusée par les boulets, semblait mouvante. D'énormes taupes, semblait-il, en creusaient les fondements. Avait-on établi un épaulement ou dressé une embrasure? Immédiatement la mitraille du tonnerre infernal venait saper les travaux qui nous avaient demandé tant d'efforts et va te faire fiche pour les boisements! Les boulets russes s'en fichaient bien des boisements de la batterie *A!* Les boulets russes avaient le tonnerre du diable dans leur mitraille. L'âme du vieux Souvarow y semblait gronder? Je pense qu'un volcan ne crache pas plus de feu que les gueules des canons russes! Pourtant le petit Caporal examinait lui-même le péril. — Redevenu le général Bonaparte de la campagne d'Italie et du passage du Saint-Bernard, il suivait lui-même à pied les travaux des soldats du génie. Les grands bonnets à poils l'accompagnaient derrière comme des chiens fidèles. A un moment le général du génie Kirgener, celui qui devait partager le lendemain même le sort du malheureux maréchal Duroc, imagina un stratagème : un peu en arrière de nous, il fit creuser un fossé et amonceler des terres.

PAGE 37. — *Le pointeur venait d'avoir la tête emportée au moment où il assurait la direction de la ligne de mitraille.*

Les Russes pensèrent qu'on créait là une batterie nouvelle et, c'est pendant qu'ils s'acharnaient à bouleverser et à crever de bombes les terrassements qu'on put établir enfin la batterie de *l'Abattoir*.

Les batteries russes, distantes des nôtres d'à peine un kilomètre nous canardaient sans discontinuer, à qui mieux mieux, et, certes nous n'avions point là, comme adversaires, des conscrits! Ah ! non, mes enfants, il faut avoir vu et entendu, comme moi, de près un tel charivari pour se figurer quel bruit effroyable, quels bouleversements terribles, quelles morts, cause le duel de deux batteries aussi acharnées l'une contre l'autre que l'étaient cette batterie russe et la batterie Hauteroche!

Comme officier de tir, je surveillais le pointage d'une pièce particulièrement en butte au feu de l'ennemi.

Le pointeur venait d'avoir la tête emportée au moment où il assurait la direction de la ligne de mitraille. Du dolman ouvert le sang jaillit qui teignit de pourpre la poitrine, les mains, tout le corps. Ce fut une loque rouge qu'on transporta au tas de cadavres amoncelés.

Le brigadier de pièce prit sa place. C'était un petit normand aux épaules carrées ; sa tête, solidement enclavée dans les épaules, semblait d'elle-même devoir défier les prunes du tonnerre de Dieu des cosaques. Une petite moustache fine ombrageait ses lèvres. Je lui savais aux Halles de Paris une bonne amie, dans les harengères. Souvent il m'avait parlé d'elle, au bivouac, de ses yeux, de ses cheveux dont il portait une mèche sur sa poitrine. Un éclair d'hésitation troubla sa vue. Mais au delà des collines, des colonnes de voltigeurs et de chevau-légers défilaient, en cadence, aux cris mille fois répétés de : « Vive l'Empereur! » Ce cri porté par la brise arriva jusqu'à nous. Le petit Normand en fut comme subitement électrisé! Il se pencha.

A peine son schako eut-il le temps d'apparaître à la hauteur de la réglette que, du même coup, le malheureux se trouva, à la fois, décoiffé et tué. Sous la fine moustache blonde grimacèrent les lèvres, la main crispée fouilla la poitrine vers le souvenir d'amour.

De rage, je tordis dans les pierres la pointe de mon sabre :

— Bon Dieu de bon Dieu! criai-je atterré, mais les cris de « Vive l'Empereur! » poussés par les conscrits passaient maintenant des lignes de voltigeurs et de chevau-légers, aux lignes de hussards et de chasseurs. Une forêt de lances et de glaives oscillait sous la gloire des aigles en deçà de Bautzen. En face de nous, sur la colline, la batterie cosaque vomissait toujours le tonnerre de Dieu.

Je regardais Loustic.

— Maréchal des logis, à vous!

— Bien, mon lieutenant, dit-il.

Sa voix ne portait point d'altération. Celui-là n'avait d'amour au monde que celui de sa jument boiteuse. La mort sans doute lui était indifférente. Depuis dix ans qu'il faisait la guerre, la gueuse ne l'avait point encore frappé! Sans doute avait-elle peur de ses grandes moustaches, de son accent blagueur, de ses gestes comiques, de ses beuveries immenses.

— Nous allons voir ça! dit-il.

Loustic ne devait plus rien voir. Quelques secondes après, nous étions éclaboussés des débris de sa cervelle. Adieu jument boiteuse, bonnes rasades de vin, jupes troussées, jeux de mots, adieu tout ce qui avait été Loustic...

Maintenant c'était mon tour. Une lucidité effrayante domina mon esprit. Je me rappelai un instant ma terreur dans le fossé vendéen, alors que bien des années auparavant j'avais fait comme servant d'artillerie la guerre contre les loups de Cathelineau, dans les bois du Bocage. Que d'événements, que de combats, que de guerres, depuis lors.

PAGE 42. — *Le capitaine de la batterie voisine nous conduisit sous la tente des Ambulances.*

Ah! l'Empereur nous avait promenés à travers toute l'Europe! A peine le souvenir attendrissant me revint-il d'une femme bien-aimée au Tyrol, d'une autre convoitée en Toscane, d'une troisième prise de force en Autriche. Histoires du vieux temps, vous étiez si lointaines! Il s'agissait bien de cela maintenant! Le maréchal avait donné des ordres; il fallait les exécuter. Autrement, comment opérerait-il sa jonction avec le gros de l'armée si l'on n'attaquait les Russes de face, tandis qu'il les tournerait à l'arrière? Les grenadiers à cheval de la division Bessières, sans général, passaient à nos pieds, au bas de la colline. J'allais au-dessus de cette forêt de bonnets à poils, lancer la mort contre la meute cosaque :

— Mille mitrailles de mitrailles! criai-je...

En me penchant l'espace d'une seconde — j'éprouvai une légère défaillance. Il me sembla que je sentais mon cœur partir avant ma tête et, à l'instant même où je m'approchais de la réglette, j'eus l'hallucination d'un boulet qui me venait droit sur l'œil et dont je ne crus pouvoir détacher mon regard :

— La caserne des Feuillants ne me verra plus jamais parader en grande tenue les jours de fête, pensai-je. C'en est fini de Sébastien Hauteroche? Vendôme a perdu son enfant!...

Enfin je me relevai. Bien que le tout n'ait duré que quelques secondes, mon cerveau avait fait le tour de plusieurs heures.

A peine eûmes-nous tiré que — patatra! le projectile plein qui eût dû me décapiter comme mon brigadier et mon maréchal des logis était venu se loger entre le tourillon et le flasque droit de la pièce.

Enveloppés de terre et de poudre nous exécutâmes tous la plus belle culbute du monde.

Je fus, pour ma part, entre le premier et le deuxième servant de droite, enfoui dans une terre cendreuse dont j'ai gardé un souvenir de nourriture difficile à prendre. Sans doute serions-nous encore en train de la digérer, sans l'intervention du capitaine de la batterie voisine, qui, se précipitant à notre secours, nous releva tant bien que mal, à l'aide de plusieurs de ses servants, nous conduisit sous la tente des ambulances et nous fit verser entre nos lèvres noires de poussière, le contenu du précieux bidon que j'avais à la ceinture.

La liqueur merveilleuse — une fois de plus — avait produit son effet. Il n'en fallait pas plus pour nous rendre complètement l'usage de nos sens, pour éloigner de nous cette mort qui m'avait guetté déjà sur vingt champs de bataille et dont le sublime élixir avait détourné, chaque fois, la faux perpétuellement suspendue. D'abord, ce fut comme un moment d'ahurissement, mon esprit engourdi ne s'éveilla pas totalement de sa torpeur. Je distinguais vaguement, venues des lignes françaises, des clameurs de triomphe. Sans doute, Ney avait tourné l'artillerie slave. Les régiments poméraniens repoussés au delà de la Sprée étaient culbutés. Les grands schapskas des chevau-légers couvraient la plaine, les bonnets à poils, massés à peu de distance s'apprêtaient à charger, les dragons de la division Suchet ondulaient au loin des champs en élevant la haute forêt des lances. Près de moi, des blessés prussiens étaient empilés. Je leur demandai s'ils étaint vaincus et prisonniers !

— Ya mein herr! me dirent-ils.

Mais l'Empereur parut, fixant toujours, à la hauteur de ses yeux, ses lorgnettes dans la direction de Bautzen.

Une fois encore nous criâmes de toutes nos forces :

— Vive l'Empereur!

Et les prisonniers eux-mêmes poussèrent des clameurs en l'honneur du « Kaiser Napoléon ». Cette journée était gagnée. Je verrais donc encore plus tard et souvent, pensais-je, de belles revues de parade dans la cour de la caserne des Feuillants. Avec le petit Corse contre la mitraille cosaque et de ma bonne liqueur plein mon bidon, quelles revues magnifiques, ne me sentais-je pas capable de passer, quelles batailles fougueuses me devenait-il impossible d'affronter?

PAGE 53. — *C'était Funel qui revenait sous la mitraille.*

Une troisième bouteille de vin de Touraine nous fut, ce jour-là, pendant ce récit, apportée. Le capitaine, ému par tant de souvenirs, semblait fatigué, nous le priâmes de s'asseoir. Mais il s'y refusa et nous dit :

— Si mes histoires de vieux grognard ne vous ennuient pas trop, je pourrais vous conter encore maintes anecdotes de guerre où vous verrez de quel secours nous fut la liqueur péruvienne.

Nous répondîmes tous au capitaine que nous prenions grand plaisir à l'entendre. Il en parut flatté et nous dit que cela témoignait en notre faveur et que notre jeunesse était généreuse puisqu'elle vibrait au récit des combats et s'indignait aux malheurs de la France. Pour accroître son plaisir, nous levâmes tous notre verre en l'honneur de la grande Armée et nous formâmes les vœux les meilleurs pour la prospérité de ses survivants. Le capitaine Hauteroche ne perdit point de vue, malgré tout, la sublime panacée qui faisait le motif de ses causeries et dont l'odyssée se trouvait si intimement mêlée à la sienne dans le naïf poème de pierre qu'un artiste inhabile avait tracé aux flancs du sarcophage guerrier.

Nous fîmes silence. Le vieux soldat toussa deux ou trois fois, ralluma sa bouffarde et reprit son récit avec énergie :

— C'était un peu après le passage de la Bérésina. Les souffrances inouïes que les troupes avaient supportées depuis Smolensk ne faisaient qu'empirer. Le froid de novembre, si léger dans nos contrées était devenu, depuis notre entrée sur le territoire russe, bien plus intense encore qu'à l'ordinaire.

Les malheureux qui avaient pu passer la Bérésina, au nord du pont de Borisof, entre Weselowo et Studziança se traînaient, à présent, péniblement de bivouac en bivouac. La discipline n'existait plus. L'extraordinaire acuité du mal physique empêchait les chefs de commander et les soldats d'obéir. Depuis la mort de Caulaincourt et la chute du pont d'artillerie, l'Empereur semblait très affecté.

Sur toute la route, des cadavres échelonnés marquaient le passage de la grande armée; des hommes roidis jonchaient les fossés, les bois, la rive du fleuve. Depuis deux jours la 22e batterie, protégée par un escadron du 24e chasseurs de la brigade Castex, campait non loin du village de Plechnitzoni. Un pied et demi de neige recouvrait le sol gelé! Encore les Allemands du nord et les Polonais souffraient-ils relativement peu, mais les Espagnols de Joseph Napoléon, les Italiens et les Français du sud tombaient comme mouches au soleil. Leurs cadavres indiquaient facilement le sens de notre marche.

C'étaient là les bornes sinistres que nous laissions aux Russes pour mieux les aider à nous rejoindre.

Nos bivouacs cernés par les détachements cosaques nous semblaient presque des prisons. Le silence était ordonné; les ordres se transmettaient à voix basse; nous nous tassions autour des foyers afin d'en dissimuler la lueur aux éclaireurs ennemis. La plupart d'entre nous conservaient un état de somnolence gelée. Ah! mille mitrailles de tonnerre de mitrailles! que les beaux jours étaient loin! Qu'elles étaient loin les victorieuses nuits de sommeil des anciennes campagnes. Nous avancions à présent à travers la neige, l'inconnu et la mort, vers le désastre irrémédiable. Pour moi j'étais fait comme un voleur de grand chemin. Ayant perdu mon schako au passage de la Bérésina j'allais coiffé d'un képi de chasseur. Un dragon mort m'avait légué son vaste manteau de cheval sur la route de Wilna, à quelques verstes de notre campement. Quant à mon cheval, les loups s'en repaissaient depuis longtemps, depuis Weselowo. Mes pieds écorchés par le cuir gelé des bottes n'étaient plus que deux plaies. L'intensité des souffrances auxquelles nous atteignîmes est inimaginable. Les nuits surtout étaient pénibles, à cause des attaques imprévues et des surprises que le silence des neiges empêchait de deviner. Les fusées des bombes décrivaient seulement par intervalles des arcs dans le ciel. Nous songions alors au désastre de

Page 54. — *L'effet de mon breuvage fut magique.*

notre fortune et maudissions la gloire. Un aide de camp du duc de Reggio venait quelquefois jusqu'aux avant-postes pour nous transmettre des ordres.

Hélas! les ordres n'étaient pas exécutés! A peine si nos mains meurtries pouvaient faire jouer la détente des armes; à peine si nos dents conservaient la force suffisante à déchirer l'enveloppe des cartouches.

A ce moment, mes chers amis, je dois vous le dire, lorsque je pensais à Vendôme, l'image de cette chère ville, semblait-il, ne m'apparaissait plus que dans un passé extraordinairement lointain, en deçà de montagnes de neige, de fleuves de glace, de steppes infinies peuplées de loups. Aucune passion ne gonflait plus nos poitrines. Les nuits étaient si sombres et les jours si ternes que les couleurs du drapeau ne pouvaient plus briller à nos yeux. Le vol des aigles ne planait plus sur nos légions. Toute une nuit, j'entendis une fois auprès de moi un grenadier de la garde pleurer en embrassant sa croix. Pour ne pas que ses pieds soient gelés à l'aube, il les avait mis dans son bonnet à poils. Mais il avait, dans son désespoir, oublié de se couvrir la tête et le lendemain je le trouvai en travers de mon sabre, les bras en croix, étouffé sans doute par une congestion. Ceux qui le virent, avec ses pieds dans son bonnet à poils, se prirent à rire comme des idiots. La démoralisation, l'imbécillité totale nous gagnaient.

Après avoir tiré vingt-quatre heures de feu à volonté, avec une batterie démolie, à peine installée sur des terres apportées à la hâte par des débris de bataillons d'infanterie, nos mains bossuées d'ampoules ne pouvaient plus servir. Personne pourtant ne songeait à récriminer. Nous disions de l'Empereur :

— Il est aussi malheureux que nous!

Quelqu'un qui avait vu le maréchal Ney aider un jeune conscrit, dont les jambes étaient gelées, à monter sur un cheval, racontait également que l'état-major manquait de vivres. Les maréchaux de France partageaient avec les simples soldats.

Aussi avions-nous cessé le feu pour les économiser. N'ayant plus rien à brûler, nous nous allongeâmes sur les affûts. L'aube nous trouva occupés à regarder les autres se battre.

L'isolement complet nous empêchait d'espérer quelque secours. Il eût fallu, en effet, pour se procurer la moindre nourriture, passer à découvert sur un plateau balayé par le feu de l'ennemi au point que s'y risquer était appeler à soi une mort inévitable.

Plusieurs, dans l'espoir de mettre un terme à leurs maux, avaient tenté l'aventure. Leurs cadavres formaient maintenant de petits monticules, sous la neige. Des hommes du 2e de ligne, du 11e léger, du 124e d'infanterie, qui avaient rejoint nos lignes, affirmaient qu'au delà des lignes russes on trouverait des vivres.

Mais, quel homme courageux, sur leurs indications, aurait le courage, d'affronter, après tant d'autres, une mort décisive ?

Quelqu'un de la batterie pourtant se décida. Le nom de ce brave me revient. Il s'appelait Fanet et était natif de Beaume-les-Dames. Il était petit et décidé, un peu naïf, avec des adresses qui étonnaient.

Lentement, lentement, sa silhouette falote décrut sur le plateau. Quand nous ne vîmes plus rien de lui, la grandeur de notre désespoir nous apparut encore plus manifeste. Si le plus brave ne revenait plus, les autres n'avaient plus qu'à mourir. Ah ! mes amis ! la longue attente...

Pendant cinq heures, nous comptâmes les minutes. Parfois, nous relevions le front vers l'horizon, mais nous n'y apercevions jamais que la grande neige endormie sur les petits monticules des morts et c'était tout. Tout d'un coup, comme je levais mon regard voilé pour suivre un vol décroissant de corbeaux, un point noir marqua d'une tache le blanc tapis de la colline.

— Fanet ! criai-je.

PAGE 57. — *Au rapport, le lendemain, le commandant prit la parole.*

Les autres se dressèrent à demi.

C'était Fanet; maintenant que la distance diminuait, nous étions sûrs de le reconnaître. Fanet! notre brave petit Fanet! son retour nous rappelait à la vie, mais lui, sous la mitraille, descendait, sans se presser, le plateau neigeux. Un poids considérable, des choses luisantes embarrassaient ses bras.

Quelqu'un dit :

— Des gamelles!

Un cri de joie ardente, jaillit des poitrines creuses. Les voix rauques poussèrent de sourds gémissements. La vision des gamelles réveilla jusqu'aux plus accablés. Puis ce fut un silence. Les bienheureuses gamelles nous apportaient de quoi calmer la fièvre de nos bouches affamées et flétries. Un peu de vie, grâce à Fanet, allait recommencer de nous rendre l'espoir.

— On va donc manger! Manger! Quel mot magique!

Rien ne peut décrire, mes enfants, l'état de cette batterie désemparée, en attente, oubliant le froid et le sommeil pour regarder venir, au milieu des projectiles en pluie, le courageux héros, porteur de rata.

Longtemps on eut peur. Puis la joie s'empara de nous tout entière. Fanet était là! nous le touchions! Il déposait les gamelles contre l'épaulement du tertre.

— Mille mitrailles de mitrailles, criai-je rudement. Tout le monde debout et en ordre; à mon commandement! La soupe est servie!

Hélas! à peine avais-je parlé qu'un projectile, à ce moment même, décrivit jusqu'à nous un cercle lumineux et vint s'abattre au milieu des gamelles, nous enlevant tout espoir.

Nous étions atterrés.

Les poings sur les yeux, Fanet, comme une grande bête, pleurait à chaudes larmes.

— Vouah! Las moi! C'était bien la peine de risquey de se faire cassey la gueule pour que vous n'ayez pas à mangey!

L'image sinistre de la mort recommença de nous hanter. La terreur, la folie et la faim nous courbèrent à nouveau sous le poids fatal de leur inexorable silence. A peine s'il restait quelque peu d'eau-de-vie dans les bidons; on se lavait la bouche avec, sans boire, de peur d'une ivresse qui nous eût été mortelle.

Moi-même je sentais les forces diminuer de plus en plus au dedans de mon être, mes yeux voilés ne distinguaient plus qu'à peine mes compagnons allongés sur les affûts comme des statues mortelles; mon esprit, comme une petite flamme hésitante, vacillait au dedans de moi comme s'il eût cherché à s'éteindre.

Un éclair de raison pour la dernière fois peut-être traversa mon cerveau.

— Si je préparais, pensai-je, une assez grande quantité de ma liqueur et si j'en distribuais une bonne rasade à chacun de mes compagnons.

Aussitôt je fus à l'œuvre.

L'effet de mon breuvage fut magique.

Ceux même qui ne pouvaient déjà plus se lever et dont les jambes, engourdies de faiblesse et de froid, faisaient presque corps avec la terre, reprirent quelques forces. La flamme des yeux recommença à luire dans la cavité profonde des orbites; les membres se détendirent; les mains nouées retrouvèrent la chaleur suffisante pour s'étreindre; les gorges ne connurent plus la soif; les estomacs oublièrent la faim. Une certaine gaîté revint même parmi nous qui acheva de compléter cette résurrection. La douceur du breuvage permit d'oublier jusqu'au pain.

Vers le matin, l'ardeur au combat et au travail étant revenue, on fit reprendre le feu.

Alors une chose curieuse arriva, que nous n'observâmes pas, tout

PAGE 57. — *Nous vîmes s'avancer les avant-trains de la batterie russe.*

d'abord. De rage, nous nous étions remis à pointer. Toutefois nous ne lâchions un coup qu'après mille précautions et avec un soin infini, toujours à cause du manque de munitions. Ces coups — habilement pointés — portaient presque toujours. Or, voici qu'à la suite de l'un d'eux nous entendîmes comme un son métallique auquel nous n'apportâmes pas une attention extrême. Quelle ne fut pourtant pas notre stupeur, lorsque cinq minutes après, nous reçûmes, comme projectile, le tourillon d'une pièce fraîchement cassée.

— Polis, les Russes, dit le capitaine effleuré par la chose, ils annoncent les coups! voyez : voilà le tourillon de la pièce que vous venez de casser...

Le capitaine avait raison.

Le tourillon était exactement du calibre de la pièce et pouvait parfaitement servir de projectile. L'idée seule de l'avoir choisi à cet usage nous rendait perplexes, nous ne devinions la raison d'un tel expédient que par le manque de munitions qui devait aussi atteindre nos adversaires. Cette raison, certes, était la bonne. Quelques minutes en effet après la chute du tourillon nous vîmes s'avancer les avant-trains de la batterie russe. Le départ de nos ennemis eut lieu. C'est alors que l'on se félicita d'avoir vaillamment résisté jusqu'au bout. Ma liqueur, sans doute n'avait point été étrangère à un tel regain de courage. Ce ne fut pas sans fierté que je songeais à mon breuvage magique et que je me perdis en louanges sur ses vertus. Une fois de plus la mémoire du brigadier Clasquo fut bénie par moi...

Quelques jours plus tard, ce fut encore ma panacée qui nous sauva d'un péril analogue. Les vivres manquaient de nouveau, la boisson complètement inconnue, n'existait plus pour nous, nous devions nous en passer. Les scènes de misère et de mort de la tranchée de Weselowo reparurent à notre esprit. Les plus braves se souvinrent avec effroi des scènes d'horreur qu'ils se rappelaient y avoir vues.

Pourtant, au rapport, un de ces matins, le commandant prit la parole

— Soldats, dit-il, voici longtemps que vous n'avez bu que de l'eau saumâtre ou de la neige fondue. Les étapes ont été rudes, les bivouacs difficiles, les campements peu sûrs. Pourtant, soldats, vous avez été héroïques! Vous avez été dignes de la grande Armée! L'Empereur voudrait pouvoir vous récompenser comme le méritent vos vertus. Soldats! vous avez bien souffert. Mais vos souffrances vont finir. Le bataillon va recevoir des provisions. Plusieurs voitures, pleines de tonneaux de vin nous arrivent. Je ne veux pas vous en priver. Je vous demande de vous en priver vous-mêmes pour la patrie en laissant tomber le convoi aux mains des Cosaques. Il vaut mieux boire le sang ennemi que le vin ami. Soldats de la grande Armée! vous serez soutenus dans votre sacrifice par l'idée que vous avez de venger tous vos camarades morts sur la route de neige. Soldats, l'Empereur a confiance, j'ai confiance moi-même dans votre résolution.

La voix du commandant était un peu tremblante, derrière les moustaches rudes, son émotion se communiqua aux hommes. Des cris jaillirent des poitrines :

— Vive l'Empereur! Vive la Grande Armée!

La raison et le courage reprirent possession du grand nombre et ce fut en chantant qu'on se consola de l'abandon des provisions attendues.

Cette journée se passa le plus joyeusement possible à cause de mon élixir dont j'avais distribué de larges rasades. Quelle diversion avec les derniers jours et comme nous étions heureux à l'idée de revoir la France! Le soir, nous trouvâmes les cavaliers Cosaques, étendus ivres morts sur les tonneaux brisés. Le commandant avait dit vrai. Cette fois encore nous étions les vainqueurs. Parvenus derrière une casemate, nos canonniers durent retirer d'un muid, où il baignait la tête la première, un grand diable aux cheveux longs, aux moustaches tombantes et aux yeux fous. Dès qu'on l'eut sorti, tout son corps tressauta; il eut un grand vomissement et mourut. Plusieurs autres étaient vautrés

PAGE 58. — *Le soir, nous trouvâmes les cavaliers Cosaques étendus ivres morts sur les tonneaux.*

dans des tonneaux de vin. Nous fûmes féroces, et, comme on ne pouvait surcharger la colonne de prisonniers, à cause toujours du manque de vivres, on les tua tous jusqu'au dernier. — Après quoi, ayant bien gagné de nous reposer un peu, nous fîmes une grand'halte et bûmes goulûment le vin qui restait au fond des tonneaux; il était âpre et son arrière-goût était de sang. Jamais, pourtant, je n'en ai bu de si bon!

« — Sur ce, mes enfants, clama le capitaine d'un ton de commandement, ainsi qu'à la parade : A la France! et à la vôtre! Buvons ce dernier verre. Je vais vous faire déguster ensuite un tantinet de mon vin de coca. »

Le capitaine fit tout comme il le disait; il alla nous chercher une fiole de son vin qu'il avait laissé vieillir dans un coin rocheux de sa cave avec des crus de Bourgueil et d'autres coteaux de Touraine, et nous dûmes convenir que, loin d'être désagréable au palais, cette boisson bienfaisante et merveilleuse laissait, sur son passage, une saveur chaude de vie concentrée qui ne nous permettait plus de garder aucun doute sur la réalité des héroïques histoires du vieux grognard. — Autour de nous, le soleil, qui jouait dans les feuilles, égarait parfois de ses rayons jusque dans nos coupes. Alors le breuvage du papa Hauteroche, devenu comme translucide, éclatait comme un vieux vitrail de lueurs chaudes et empourprées.

« Hein! mes gaillards! s'exclamait le capitaine en sirotant lentement sa boisson, — ne dirait-on pas que le bon Dieu vous descend dans la gorge en culotte de velours! — quel bouquet ça vous a ce *vin de vie!* »

L'un de nous, en manière de plaisanterie, fut tenté d'aller en offrir un verre au VIEUX GROGNARD de bois, en faction perpétuelle à la porte de l'estaminet, pour le rafraîchir du constant contact de son brûle-gueule; mais nous eûmes peur de vexer l'ex-capitaine et, pour faire vibrer sa vieille âme guerrière, nous bûmes et rebûmes à la France, à la Grande Armée, à la mémoire de l'Empereur, aux vétérans Légionnaires des Invalides, ses compagnons de gloire qui, encore assez nombreux alors, portaient avec ostentation la médaille de bronze de Sainte-Hélène. — L'ex-capitaine Hauteroche en fut touché aux larmes et, s'animant de plus en plus, il en vint à nous chanter de naïves chansons guerrières et à nous faire le galant récit de ses bonnes fortunes à travers l'Europe, nous avouant, — maintenant qu'il était ravigoté, — qu'il croyait devoir attribuer aux vertus de son vin sa vigueur et sa bravoure dans les combats de Vénus. — Et, d'une voix chevrotante, il nous dit cet antique couplet sur l'air : *O ma tendre musette!*

L'amour porte des ailes,
Aussi bien que le Temps ;
Sachons, auprès des Belles,
Profiter des instants.
Quand la rose est flétrie,
Zéphyr s'envole ailleurs.
Du jardin de la vie
Les Belles sont les fleurs.

Nous retournions souvent sous la charmille du père Hauteroche pour déguster son vin miraculeux, son « vieux vin de la vieille », comme il l'appelait, ce vin qu'il devait boire jusqu'à 91 ans, âge auquel l'ex-commandant de la batterie de l'*Abattoir* mourut, un soir d'hiver, victime d'un accident fort banal, une chute sur le verglas de sa rue montueuse.

Depuis lors, — mon cher Angelo Mariani, — Corse conquérant et militant, vous êtes venu doter la France de ce vin de coca qui a fait notre santé et notre reconfort aux heures des plus mornes dépressions. — D'où teniez-vous la recette? — Le grand Empereur l'avait-il connue? Avait-il goûté sur un champ de bataille à la gourde magique du brigadier Clasquo et a-t-il transmis à quelqu'un de ses compatriotes, qui sont les vôtres, le secret de la *Panacée du capitaine Hauteroche?* — J'aime à le supposer et il me plaît, dans mon admiration pour le héros et ma profonde amitié pour vous, d'associer vos deux noms dans la victoire constante de votre inimitable Vin sur l'humanité si facilement mise en déroute.

En tout cas, je ne bois jamais, — ainsi qu'il m'arrive chaque jour, — un verre de *vin Mariani* sans songer à l'Épopée Napoléonienne et aux exploits de ce vieux dur à cuire de capitaine Hauteroche, qui, grâce à sa précieuse liqueur, supporta toutes les guerres de l'Empire, y compris la terrible retraite de Russie jusqu'à la fatidique bataille de Waterloo.

C'est pourquoi je me suis complu à écrire ce conte qu'illustrent de si magistrales compositions du peintre militaire Eugène Courboin, en qui vibre l'âme belle, claire et limpide des héroïques soldats d'autrefois.

CE CONTE

ILLUSTRÉ PAR EUGÈNE COURBOIN

A ÉTÉ ACHEVÉ D'IMPRIMER

POUR

ANGELO MARIANI

SUR LES PRESSES

DE LA TYPOGRAPHIE FIRMIN-DIDOT

au Mesnil-sur-l'Estrée

Le 30 Septembre 1899

COLLECTION ANGELO MARIANI

CONTES

Ces contes sont publiés en édition de luxe, format grand in-4°, et destinés spécialement aux bibliophiles. Ils sont inspirés aux écrivains les plus célèbres de ce temps par la tant bienfaisante Coca. Chaque conte est orné, dans le texte et hors texte, de belles et curieuses illustrations dues au crayon de **A. Robida**, Henri Pille, Atalaya, Eugène Courboin, F. Lunel, Félix Bouchot, Louis Morin, Léon Lebégue.

ONT DÉJA PARU :

Le Cas du Vidame, par **L. de BEAUMONT** (Académicien d'Étampes du *Figaro*).
ILLUSTRATIONS DE A. ROBIDA (*Épuisé*)

Explication, par **Jules CLARETIE** (de l'Académie française).
ILLUSTRATIONS DE A. ROBIDA (*Épuisé*)

La Plante enchantée, par **Armand SILVESTRE**.
ORNÉ DE 35 GRANDES COMPOSITIONS DE A. ROBIDA

Les Secrets des Bestes, par **Frédéric MISTRAL**.
AVEC DE NOMBREUSES ILLUSTRATIONS DE A. ROBIDA

Sempervirens, par **L. de BEAUMONT**.
ILLUSTRATIONS PAR F. LUNEL

Le Secret de Polichinelle, par **Paul ARÈNE**.
ILLUSTRÉ ET ENLUMINÉ PAR A. ROBIDA

Un Chapitre inédit de Don Quichotte, par **Jules CLARETIE** (de l'Académie française).
ILLUSTRÉ DE NOMBREUSES COMPOS. PAR ATALAYA, GRAVÉES SUR BOIS PAR HENRI BRAUER

Trois filles et Trois garçons, conte en vers, par **Maurice MONTÉGUT**.
ILLUSTRÉ EN COULEURS PAR LOUIS MORIN

La Panacée du capitaine Hauteroche, par **Octave UZANNE**.
AVEC ILLUSTRATIONS EN COULEURS D'EUGÈNE COURBOIN

EN PRÉPARATION :

Pervenche, par Maurice Bouchor, imagé en couleurs par Léon Lebégue. Frontispice par Félix Bouchor.

A PARAITRE :

Un Conte, par Victorien Sardou (de l'Académie française).
Un Conte, par Marcel Prévost.
Un Conte, par Alphonse Allais.
Un Conte, par Camille Lemonnier.

IL A ÉTÉ TIRÉ DE CHACUN DE CES CONTES :

50 Exemplaires sur Japon impérial. . . . . . . *Prix :* 25 fr.
450 — sur vélin. . . . . — 10 fr.

PETITE BIBLIOTHÈQUE MARIANI

Ces contes sont tirés en édition populaire (petit format in-32) avec la même illustration. . . . . Prix 0.50 centimes.

Il a été tiré de chaque ouvrage 20 exemplaires sur Japon impérial numérotés à la presse. . . . . Prix 5 francs.

TYPOGRAPHIE FIRMIN-DIDOT ET Cie. — MESNIL (EURE).

TYPOGRAPHIE FIRMIN-DIDOT ET Cie. — MESNIL (EURE).

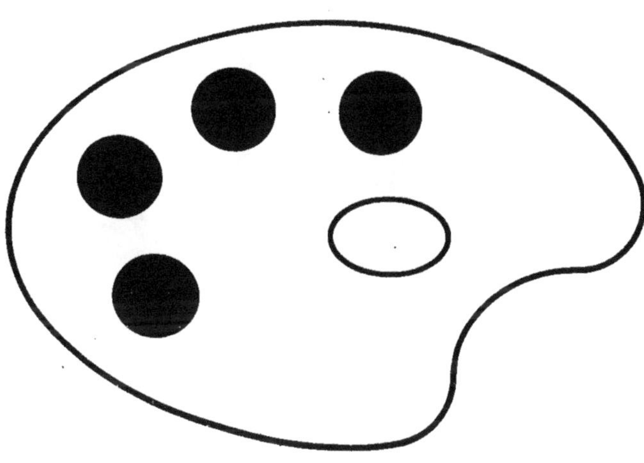

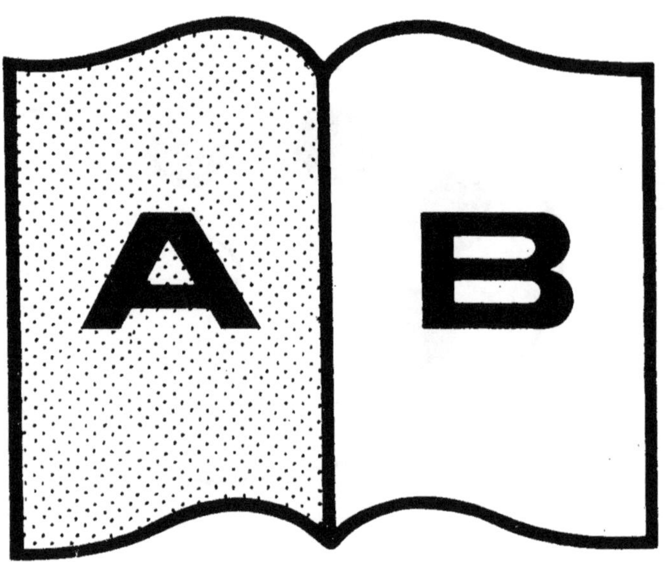

Contraste insuffisant

www.ingramcontent.com/pod-product-compliance
Ingram Content Group UK Ltd.
Pitfield, Milton Keynes, MK11 3LW, UK
UKHW012246240726
13966UKWH00004B/1331

9 782012 941137